8207

SECONDE

EPITRE FUNÈBRE

A Mlle ****;

OU CONSIDÉRATIONS

SUR

L'IMPORTANCE DE L'EXEMPLE

POUR

LA RELIGION ET LES MOEURS.

Par R. F. A.

PARIS,
IMPRIMERIE DONDEY-DUPRÉ,
RUE SAINT-LOUIS, N° 46, AU MARAIS.

1835.

SECONDE

ÉPITRE FUNÈBRE

A Mlle ****.

Ye 37244

SECONDE ÉPITRE FUNÈBRE

A Mlle ****,

OU CONSIDÉRATIONS

SUR

L'IMPORTANCE DE L'EXEMPLE

POUR

LA RELIGION ET LES MOEURS.

Par R. F. A.

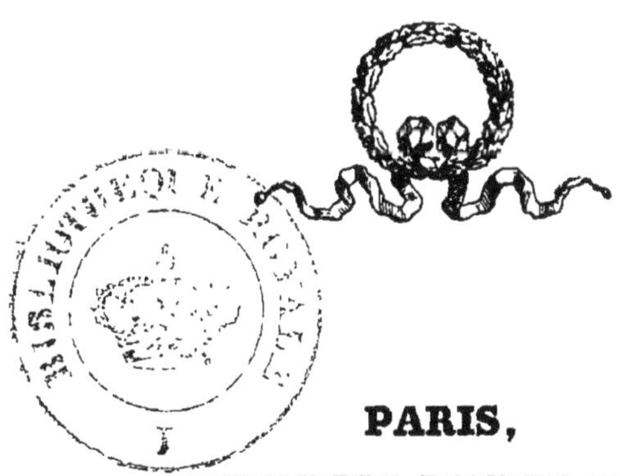
BIBLIOTHÈQUE ROYALE

PARIS,
IMPRIMERIE DONDEY-DUPRÉ,
RUE SAINT-LOUIS, N° 46, AU MARAIS.

1835.

PRÉFACE.

De nos jours, les préfaces sont de quasi-professions de foi ; elles ont pour ainsi dire envahi le domaine du *post-scriptum*. On y trouve les pensées les plus secrètes des auteurs. Les notes marginales, les renvois ont par là perdu la plus grande partie de leurs avantages primitifs.

Cette rénovation, si c'en est une, ne semblera-t-elle pas infirmer les anciens usages dans leur source coutumière !

Autrefois, les préfaces ou avant-propos étaient une entrée en matière pure et simple. Les dédicaces étaient des hommages courtois, décelant l'arrière-pensée de plaire aux grands et de faire, vulgairement parlant, son chemin. Tout a dévié dans ce genre. Aujourd'hui l'on fait un ouvrage, de consistance ou autre, pour en venir aux expansions d'une préface ; l'ouvrage fait, l'esprit se sent comme appuyé et s'abandonne à son feu naturel en prenant le large.

Je viens donc avant tout demander grâce d'avoir cédé au torrent moderne, malgré mes faiblesses à l'égard des tournures antiques devenues bourgeoises. Suivre de loin les modes quand on est vieux, ce n'est pas prétendre trancher du fashionable, c'est chercher à faire passer les tristes défaveurs physiques de la maturité. Voilà mon opinion, peut-être n'est-elle pas juste. Toutefois je l'ai adoptée au risque d'encourir des reproches; mais avec l'intention bien prouvée de n'entretenir le public ni de ma personne dans cette préface, ni de mon faible mérite.

Placé sur la pente des révolutions, j'ai dû, bon gré mal gré, céder à la force des événemens.

Des causes étrangères m'ont fait demeurer çà et là stationnaire observateur, victime tout à la fois des subversions inévitables de leurs inconvéniens périodiques.

C'est de ces points de repos incertains d'où j'ai pu considérer combien elles étaient redoutables pour le maintien des choses consacrées par des siècles ou sanctionnées par l'expérience des lumières de tous les tems.

Les révolutions déplaçant tous les intérêts, sapent aussi les fondemens des institutions les plus consolantes, les plus capables de concourir à la stabilité de l'ordre social. De ce nombre sont la morale et la religion. Cette épître, dont la précédente était comme le préliminaire, a particulièrement pour but de décider au retour des principes fondamentaux de la société tout entière.

Les lois sans exécution m'ont malgré moi rappelé ce vers de Voltaire, l'un des plus séduisans, des plus irascibles philosophes de l'époque.

« Les lois étaient sans force et les droits confondus. »

Né dans le foyer même de la révolution, j'ai vu transformer nos églises en greniers de disette; j'ai vu les partisans des réformes provoquées par la savante Christine de Suède se constituer juges en leur propre cause, protéger l'exécution sur place de la peine capitale, et payer cher des loges de spectateurs bénévoles, pour se repaître secrètement en apparence du plaisir de voir tomber ces têtes dont ils étaient les proscripteurs, et d'assouvir dans l'ombre leurs vengeances atroces. J'ai vu tous les partis se décerner réciproquement tour à tour les mandats de mort des comités *ad hoc*. J'ai vu la garde dite nationale protéger, sous le roulement de Santerre, l'exécution du successeur des rois de ses ancêtres, après avoir concouru au massacre des Suisses, durant la journée du 10 août. Je l'ai vue plus tard se battre entre elle; passer successivement les revues des diverses bannières en se contentant d'en porter les couleurs alternatives, et par là se montrer monarchique, démocratique, consulaire, impérialiste, légitimiste, etc. Mais je l'ai vue aussi mettre au rancart ou licencier, lors de l'explosion de la machine infernale, et cet acte m'a frappé, en le rapprochant du 13 vendémiaire; il m'a fait porter malgré moi les yeux sur les nations civilisées de l'Europe, où je ne la trouve nulle part. Il m'a en même tems convaincu de la justesse de la mesure de Charles X au Champ-de-Mars, dont les tertres sont dus à des élans fédératifs de 90, et bénis par le fameux diplomate de tous les règnes sur l'autel de la patrie.

Toutefois, respect à la garde nationale; elle

est décorée comme le vieux brave ayant sacrifié sa jeunesse à la défense de son pays, et non pas pour le consul, l'empereur, les quincumvirs ou dictateurs; car alors, serviteur individuel, au lieu d'une chétive pension, d'une décoration avilie, il aurait de la fortune, un rang, des honneurs...

Des honneurs? Il en a : la vie d'un brave a toujours pour elle la conscience de sa gloire; on voudrait vainement l'effacer sur sa noble poitrine; la vie d'un brave se passe au milieu des angoisses, des abnégations de toute espèce. Souffrir la faim, le froid, le chaud, les intempéries des saisons; se battre sur la neige, les verglas, sur un sable dévorant aux ardeurs d'un soleil insoutenable; tomber mourant, les membres fracturés; voir son sang couler, perdre connaissance, attendre les pansemens douloureux pour souffrir de nouveau et souvent succomber, sans parens, sans amis, dans les tourmens les plus cruels : voici la fin trop ordinaire d'un brave.

Avouons-le ; n'est-il pas l'image du vrai chrétien? ses derniers momens ne sont-ils pas environnés de la lumière purpurine et céleste des martyrs? Il meurt pauvre, oublié comme Bélisaire ; mais sa palme radieuse l'attend dans le séjour où la vertu reçoit sa véritable récompense.

Quand on a vu tant de phases et tant d'autres réservées à la plume de l'histoire, il est sans doute permis d'être grave et de s'occuper du bien-être de son pays. Je ne réclamerai donc rien ni en faveur de cet objet, ni pour mes pertes dont cette deuxième épître fait connaître la plus sensible de toutes et dont il m'est impossible de rendre ni l'expression ni le sentiment.

Les rénovateurs, les esprits remuans, les gens tarés de toutes les conditions émérites sont comme venus me tirer de la léthargie où m'avait plongé cette perte. Dois-je leur en vouloir si vraiment il s'agit du mieux-être de tout le monde? Si, inspiré par la tradition et les souvenirs d'une véritable amie, il m'est donné d'être utile aux habitans du sol de ma naissance, mes contemporains, la plupart victimes innocentes comme moi de la funeste fermentation des gens excités par les ouvrages du dix-huitième siècle.

Vouloir le bonheur de tous, c'est la pierre philosophale à déterrer, le problème de l'alchimie à résoudre. La moindre somme de maux n'est-ce pas le plus grand bien? Or mes regards s'étant tournés vers mon berceau, se sont portés sur ma famille elle-même, et là j'ai trouvé la religion rassemblant le soir autour du foyer domestique par ses lectures sacrées des parens satisfaits de leur sort, de leur profession, ne cherchant pas au dehors de leur sphère un bien-être chimérique fondé sur les éventualités des calculs de la soi-disant philosophie. Alors j'ai dû considérer la religion comme l'arche sainte ou le sanctuaire de la paix et du repos le plus heureux des familles. Mon erreur sera sans doute très-grande; elle sera taxée d'idée fixe, de monomanie, de pensée centripète rétrograde, opposée par conséquent à la pensée centrifuge, lançant tout sur la tangente de sa courbe, en attendant un résultat régénérateur propre à reconstituer le moral des êtres déplacés, et cela suivant un système philantropique encore en herbe, depuis par-delà quarante-cinq ans au moins.

On répète familièrement ce vieil adage : *Le mieux est l'ennemi du bien.* Cet adage aurait-il circonscrit ma pensée, captivé mes désirs au point d'approcher des erremens de la folie? Il ne m'appartient pas de prononcer. Le *doute*, a dit Bias, *est le commencement de la sagesse.* Ne vaut-il pas mieux ici me ranger du côté d'un penseur de cette réputation dans l'antiquité, et laisser au public le libre prononcé du jugement?

Quant aux lois, aux mœurs, à la littérature de romans ou de théâtres, des cris réprobateurs se sont élevés de toutes parts. L'arrêt est positif. Le sort en est jeté; nos devanciers ont encouru le blâme de la naïveté pastorale; ils ont, comme toute chose subordonnée au joug des modes chez les peuples légers, éprouvé les vicissitudes des querelles, des controverses, et cependant comme le phénix aussi ne sauraient-ils à leur tour renaître de leurs cendres ou reprendre le sceptre dont on a voulu les déposséder? Abstenons-nous ici des épithètes de coteries, de camaraderies. Elles semblent devenues trop triviales pour un sujet si important.

Les vers imposant le laconisme à ses périodes et sa mesure métrique à l'expression et ses développemens me forcent de même, à l'effet d'éviter les notes désagréables à la lecture, de parler ici des suites des mariages contractés sans les réflexions nécessaires à un engagement duquel dépendent les destinées futures de la société.

Sous le rapport général, l'acte de procréation est le même pour tous les êtres. Il est des êtres génériques plus ou moins doués de vertu prolifique. La physiologie dans ses considérations spéciales reconnaît les moyens naturels et les moyens résultant de l'état de la société. Classées dans les premiers, des races d'animaux se montrent très-prolixes; leur pullulation trop abondante deviendrait un fléau sur la terre sans les moyens de destruction laissés à notre pouvoir par la nature. Il en est autrement de celles classées dans les derniers, dont nous pouvons modifier les suites par la nourriture et l'éducation domestique.

Outre ces moyens, nous avons encore pour répondre aux vœux de la civilisation les ressources morales tendant, de leur côté, à poser une barrière au luxe d'une population surabondante.

Le malheur des révolutions, des guerres longues, est d'amener l'oubli des devoirs les plus sacrés.

Faire des heureux capables d'honorer et de soutenir la société devrait être le but du mariage; mais il n'en est pas toujours ainsi. La dépravation des mœurs, les habitudes de mauvais lieux, l'esprit de licence, l'emportent; de là ce nombre effrayant d'enfans dans les classes autrefois estimables par leur constance, leurs travaux, leur conduite religieuse et probe. Plusieurs mémoires adressés à divers personnages de haut rang avaient pour objet spécial ce triste considérant de population démesurée. Je me réserve d'en publier un autre encore et d'y parler de moi; mais la circonstance ne me semble pas assez opportune.

Justement effrayé de cet état de choses, on a cherché un remède au mal en exigeant de la part des contractans la justification de leurs moyens respectifs d'existence, relativement à leur âge. L'obstacle a irrité le désir ou la passion effrénée; le mal, au lieu de diminuer, est devenu plus grand. On a cru voir dans les sages remontrances à ce sujet un système d'opposition; la guerre s'est alors comme déclarée entre l'autorité et les aspirans à l'état paternel.

Les tems anciens sont remplis de semblables événemens désastreux pour le repos de l'avenir.

Réparer l'effet des révolutions n'est pas l'affaire d'un jour, surtout à cet égard ; car il faut souvent une génération tout entière avant d'espérer un résultat sensible ; encore faut-il travailler sans relâche à le produire. Il en est de ces soins comme de ceux donnés aux plantations, dont on jouit rarement soi-même après les avoir faites.

Le vrai remède est dans le rétablissement de la religion, des mœurs, de la sobriété. Beaucoup d'états où la religion et les mœurs se sont conservées, non par des discours, mais par la pratique exemplaire dans les hautes classes, ont songé à former des sociétés de tempérance. Après nos guerres et l'invasion de nos principes de révolution, cette formation de société leur a suffi. Chez nous tout est à reconstituer.

Parmi tous les peuples, la religion de l'état jouit de priviléges exclusifs, d'immunités, et n'admet point de superfétations cosmopolites importées ou de novation récente. On a souvent cité l'Angleterre pour servir l'esprit de spéculation ou d'entreprise de concurrence. Eh bien! à Londres, dans toutes les villes et villages, le culte y est observé religieusement; les fêtes y sont chômées; la loi le veut ainsi, et les lords ne croient pas être l'objet de sarcasmes en donnant à leurs enfans l'exemple de leur piété.

Deux choses sont essentiellement respectées en Angleterre: la religion et la voie publique. En France c'est absolument le contraire.

Après la religion ponctuellement observée de cette manière, vient l'éducation entourée d'une surveillance de tous les instans sous le rapport des mœurs. Le contact immédiat d'un agent impudique doit être l'objet des plus grands soins. Si le défaut de savoir est fâcheux, un mauvais conseil, un propos scandaleux, un geste indécent peut l'être bien davantage.

A ce sujet je demanderai la permission de dire un mot de choses en dehors de cet ouvrage. Les émigrations d'individus suivent aussi la guerre. On voyage souvent de propos délibéré sur des oui-dire, ou des récits de campagnes.

L'esprit remuant dû aux institutions modernes contribue de son côté à de nombreux déplacemens, à des changemens d'état onéreux. Dans ces changemens on songe à la fortune et l'on s'en éloigne, en contractant le goût des plaisirs dispendieux ; heureux quand on n'y perd pas la pureté de ses mœurs, ou l'habitude des liens de familles d'où résultent les attachemens de l'amitié indispensables au vrai bonheur !

Les communications faciles d'un certain genre dont on vante les entreprises, comme toutes celles soumises au creuset de l'expérience, tendent également à servir ce besoin de chercher à être bien suivant les projets de son imagination, sans être de fait bien nulle part. Les irruptions des campagnes dans les villes en sont constamment la preuve. Combien de gens sont devenus de la sorte citadins spirituels peut-être, mais malheureux et dépravés, au lieu d'être tranquilles cultivateurs au sein de leur famille, de la paix et de l'abondance!

Enfin, revenant à mon épître, je ne sais si

je dois demander pardon au public de lui soumettre mes idées, en m'adressant à ma défunte amie, ou si je ne dois pas plutôt prier celle-ci de m'excuser, du haut de son immortel séjour, de lui adresser des choses étrangères aux tendres affections dont son amitié pure m'a laissé des souvenirs si touchans. Dans cet état d'incertitude je me réfugie au milieu des monumens de deuil comme les anciens se réfugiaient sous la voûte des temples, pour chercher un abri contre l'exécution de leur sentence.

Quant aux vers, la plupart paraîtront prosaïques et dénués de toute poésie ; mais je me consolerai de cette opinion si la logique, en me forçant au sacrifice des tours aventureux, du coloris ou à des répétitions banales de mots, peut en faire supporter la froide lecture.

Suivant moi d'ailleurs, la logique doit être l'ame de la poésie, et souvent le clinquant des expressions recherchées dans leur tour en détruit la force d'unité. L'emploi des mots riches et sonores empruntés à l'érudition cause sans doute des distractions agréables ; on en use beaucoup de nos jours; c'est la mode. Les dames auteurs excellent surtout dans leur gracieuse application aux sujets légers. Il en résulte des fleurs, et comme les fleurs aussi, le plus grand nombre de ces ouvrages ne laissent souvent rien après eux, du moment où d'autres leur succèdent avec d'autres avantages également variés.

Ceci ne soit pas dit pour cette épître; la prétention serait sans doute ridicule, malgré mon désir d'être utile en écrivant; le but de cette remarque est de rappeler les écrivains du grand siècle dont on s'est plu à critiquer le prosaïsme et la raison, en s'arrêtant à la superficie de leurs productions immortelles, faute peut-être de pouvoir en apprécier le fond. Toutefois la saine littérature et le bon goût n'y perdent rien ; leurs préceptes et leur morale seront toujours appréciés des esprits judicieux destinés à perpétuer leur mémoire, même sans le secours des bibliothèques, encombrées aujour-

BIBLIOTHÈQUE ROYALE

d'hui de tant d'œuvres modernes bien conditionnées sous le rapport de la reliure, du papier et des vignettes.

J'ai parlé plus haut des légionnaires, ne serait-il pas juste de leur accorder une décoration distinctive ? Louis XIV, en créant l'hôtel des Invalides, voulut non seulement reconnaître les services, mais encore s'assurer l'avenir. La politique et la justice étaient d'accord sur ce point. L'ingratitude jamais ne fera de zélés défenseurs de la cause commune, la plus chère de toutes ; je veux dire : *la patrie* ou *le pays*, *ad libitum*.

SECONDE

ÉPITRE FUNÈBRE

A Mlle ****.

SECONDE

ÉPITRE FUNÈBRE

A Mlle ****,

OU CONSIDÉRATIONS

SUR

L'IMPORTANCE DE L'EXEMPLE

POUR

LA RELIGION ET LES MŒURS.

A tout jamais ta mort remplira ma pensée,
Toi qu'en des tems heureux j'ai parfois délaissée
Pour courir follement après de vains plaisirs,
Et trouver le remords pour terme à mes désirs.

Funestes passions, délire du jeune âge,
Vous avez triomphé de mon faible courage;
Vous avez dans mon cœur, versant votre poison,
Subjugué mes penchans et troublé ma raison!
Vous m'avez fait ingrat, moi, né juste et sensible,
Et rendu désormais mon bien-être impossible!

Jouissez.... le destin s'est venu joindre à vous,
Dans le moment peut-être où l'avenir plus doux
Allait me rappeler à la reconnaissance.
Déjà je la bravais votre horrible puissance :
Je sortais du naufrage et je touchais au port ;
Vain espoir ! mon amie atteinte par la mort,
Quand je frappai du pied le tranquille rivage,
Ne laissa dans mon cœur qu'un sinistre présage !
Son esprit abattu, ses bras raidis et lourds,
Son teint décoloré, ses trop tendres discours,
Ses yeux, jadis brillans, rentrés dans leur orbite,
Tout semblait improuver ma coupable conduite,
Le condamnable oubli des nobles sentimens,
Et me dire en secret ces mots : « Il n'est plus tems ! »
Mots cruels ! mots vengeurs d'un tribunal auguste,
Où le remords s'inflige à l'homme le plus juste
Consumé malgré lui par des feux inconnus !

C'est vous, simples attraits des plaisirs ingénus,
Corruption du monde en butte à l'innocence,
Qui m'avez par degré séduit dès ma naissance,
Et conduit dans l'abîme, en dépit de mon cœur !
Né bon et généreux, j'eusse été mon vainqueur,
Sans les séductions d'un exemple perfide.
Près de moi la vertu m'avait servi d'égide ;
Elle persévérait, déplorant mes erreurs,
Priant pour moi peut-être et répandant des pleurs,
Sans oser m'adresser le moindre des reproches !
Triste position que celle de nos proches,

Dans l'ombre nourrissant les feux de l'amitié!

Pour nos faibles toujours ils s'arment de pitié;
Mais contre nos défauts, c'est au sein de nos temples
Qu'ils peuvent nous prêcher par leurs pieux exemples!
Pourvus d'un cœur de mère, ils n'ont que son amour,
Et leurs prudens conseils ont besoin d'un détour!

Ainsi, pour me conduire à la vie éternelle,
Ma vénérable amie employait son saint zèle;
Chaque jour son exemple et sa fidélité,
Sans éclat, sans orgueil, révélaient sa bonté.
Hélas! j'étais aveugle, en proie à l'incendie
Allumé dans mon sein par l'âge et la folie!
Des viles passions je secouais les fers;
Contre elles je luttai dans ma prose et mes vers,
Quand mon coupable esprit, caressant ma faiblesse,
Étouffait dans mon cœur mes désirs de sagesse,
Pour livrer tout mon être à ses illusions.
Pauvres humains, voilà vos résolutions;
Vous formez de beaux plans, fiers de votre courage,
Sans invoquer le Dieu qui commande à l'orage,
Et peut seul ici-bas garantir de l'écueil
Où nous font échouer la sottise et l'orgueil!

Mais m'appartient-il bien de paraître sévère?
De ce Dieu n'ai-je pas encouru la colère?
Ne suis-je pas le seul dont les feux éternels
Doivent un jour punir les oublis criminels!
Dieu juste, Dieu de paix, diffère ta vengeance;

Un ange de vertu mérite ta clémence ;
Il t'implore pour moi ; veuille exaucer ses vœux ;
Il m'a connu fautif ; il veut me rendre heureux ,
Et grâce à ses bontés, aux leçons de sa vie ,
Je reviens au bercail où son cœur me convie.
J'abjure mes erreurs au pied de tes autels ,
Pour partager un jour ses plaisirs immortels.
Mon exemple à son tour pourra du précipice
Prémunir l'être faible emporté par le vice.

Mes regrets, mes remords seraient-ils impuissans ?
Ou le vrai repentir des cœurs reconnaissans
N'aurait-il plus de droits à ta miséricorde?
Le repentir sincère aspire à la concorde.
Que seraient l'espérance et la religion ,
Les chastes voluptés de l'antique Sion ,
Si ton pardon , grand Dieu, cessant de se répandre ,
L'on était criminel d'avoir une ame tendre !

Les penchans les plus doux découlent de ton sein ;
Leur limite remplit ton auguste dessein ,
Et nos yeux sont frappés d'un horizon immense
Qui confond les moyens de notre intelligence.
Maîtres de notre sort, sans boussole, incertains ,
Guidés par les attraits de séduisans destins ,
Dans l'âge où la raison apparaît rigoureuse ,
Qui de nous peut juger une mer dangereuse ,
Quand sa surface unie, aux feux du sentiment ,
Semble dans ses reflets offrir un aliment !

Et toi, grand Augustin, ne peux-tu de ma muse
Inspirer les élans ou lui servir d'excuse!
N'es-tu pas de nos saints le plus digne d'amour.
Ta bouillante jeunesse eut aussi son retour..
Ton repentir tardif fut-il moins méritoire?
L'auréole du ciel a consacré ta gloire,
Et ta résipiscence a marqué le tribut
Qu'il nous faut en hommage offrir pour le salut.

Religion sublime, immortelle espérance!
Parvis de mes aïeux où ma voix, dès l'enfance,
Frappait de vos arceaux les riches ornemens,
Dois-je vous rassurer sur les premiers sermens
Prêtés par l'innocence en des tems plus prospères?
Saint-Germain et Saint-Roch, églises de mes pères,
Vous les avez reçus, quand mon paisible cœur,
Ingénu, sans détours, étranger à l'erreur
De ce siècle honteux, de crimes, de scandale,
Pouvait braver de front la puissance immorale.

Mais depuis j'ai failli, loin de vos saintes lois;
De la tendre amitié j'ai méconnu les droits.
Porté par des méchans à la concupiscence,
J'ai trahi les devoirs de la reconnaissance.

Quoi! tu me pardonnais dans ces tristes momens;
Tu n'osais me blâmer de mes égaremens,
Et couvrais mes défauts par ton économie,
Modèle des vertus, ma seule et digne amie!

Faut-il qu'après ta mort, ta résignation,
Ta noble patience et ta religion
Me soient, par ta bonté, légués en héritage!
Le mérité-je bien ce précieux partage?
Qui mêle à des remords mes souvenirs si doux!
Archanges bienheureux, vous l'avez parmi vous,
L'objet de mes regrets, cette seconde mère
Dont la mort a rendu mon existence amère.
Rendez-lui les bienfaits de son cœur généreux;
Offrez-lui mon encens, mon amour et mes vœux.
Que ma voix expirante, en holocaute offerte,
Lui montre par vos soins ma douleur de sa perte,
Et m'obtienne pour prix de l'expiation,
Sa pitié, ses faveurs et sa protection.

A chaque instant vers Dieu j'élève ma prière.
J'implore avec ferveur sa grâce et sa lumière,
Plein de l'ardent désir de marcher sur ses pas,
Et d'arriver près d'elle au moment du trépas.
Gens du monde, admirez les fruits de son ouvrage,
De son saint dévouement, de son noble courage.
Songez à cet avis; vous avez des enfans
Dont le bonheur un jour charmera vos vieux ans.
Songez que la vertu doit son retour sincère
Aux liens primitifs d'un sacré ministère!
Et vous, hommes d'état, philantropes auteurs,
Qui consacrez vos nuits à la veille des mœurs,
Faudra-t-il vous parler de ces liens suprêmes,
Sans lesquels il n'est point de puissans diadêmes;

Point d'états glorieux, ni de sécurité;
Point de bonheur réel pour la société?

Sur le seuil du portique où la manne céleste
Préserva l'esprit pur d'un aliment funeste,
Venez porter vos pas, venez sonder vos cœurs;
Venez, ne craignez point de répandre des pleurs
A l'aspect douloureux de simples funérailles;
Laissez dans le lieu saint palpiter vos entrailles.
Leur voix vous redira quels sont le vrai bonheur,
La bonté, la vertu, l'innocente candeur.
C'est là que mon amie en puisa l'éloquence,
Dont le pouvoir était l'exemple et le silence.

Mais reportant les yeux vers les tems reculés,
Sur ces pays ingrats par le climat brûlés,
Ne retrouvons-nous point le culte à son aurore?

Là naquit le vrai Dieu. La pourpre le décore,
Et l'éclat jusqu'à nous, d'âge en âge transmis,
Traverse plus brillant des peuples insoumis,
Entraînés par l'attrait d'une douce espérance.
Devant lui vient tomber la barbare ignorance.
Une lumière pure en dissipe la nuit.
Les ténèbres font place au nouveau jour qui luit,
Pour découvrir aux yeux une vie éternelle,
Que la foi fait jaillir de sa vive étincelle.

La voix du scepticisme ose tonner en vain;
Les misères, les maux frappant le genre humain,

D'un Dieu puissant et juste attestent la clémence :
Dieu leur donna l'essor pour notre récompense,
Et voulut que par eux, selon sa volonté,
L'homme de son bonheur jouît en liberté,
En discernant le bien dont il le fit l'arbitre.

Du sceau de sa grandeur tel est le plus beau titre ;
S'il livre le coupable au poids de ses remords,
C'est moins pour le punir de ses injustes torts
Que pour le rappeler au pied du sanctuaire,
Sans faire retentir sa puissante colère.
Son sein brillant de gloire est celui d'un ami ;
Il est ouvert à tous et jamais à demi ;

Mais il n'y reçoit point les êtres sans courage,
Fléchissant sous les fers d'un honteux esclavage.

Orgueilleux artisans, de votre abjection,
Le mal qui vous déchire est votre déraison :
Vous êtes vos tyrans, et vous venez vous plaindre!
La paix n'est pas pour vous ; vous avez tout à craindre,
L'enfer est dans vos sens, dans votre soif de l'or ;
Dans vos goûts dépravés plus criminels encor,
Dans votre ardeur enfin de vengeance et de haine.

Voyez la pauvreté portant sa lourde chaîne ;
La vertu l'accompagne, et son tranquille sort,
Sans crainte, sans désir, lui montre dans la mort
Le glorieux laurier de ses travaux pénibles.
L'avenir se déroule à ses regards paisibles,

S'avance étincelant plein de sa majesté ;
Et pour elle la nuit est un jet de clarté.
La tombe est pour le pauvre un palais de lumière ;
Quand le riche souvent vers son heure dernière
S'élance pâlissant, les yeux remplis de pleurs,
Rongé par les regrets de ses fausses grandeurs,
Des sensualités dont il flattait son ame!

Mais au sein de ce temple où l'esprit saint m'enflamme,
Quel touchant épisode enchante le repos!
De légers vêtemens ont froissé les échos ;
Les parures de fleurs des airs charment l'empire!
La victime est ornée et son ame soupire.
Un moment, malheureux, où portez-vous vos pas?
Allez-vous profaner les ombres du trépas?
Un convoi vous arrête, et plus loin un baptême ;
Voulez-vous encourir les feux de l'anathême?
Du silence sacré pourquoi rompre les lois?
Ah! pardonnez mon trouble et mes divins émois :
L'extase en ce moment captivait ma pensée ;
Mes yeux n'avaient pas vu la jeune fiancée
S'avançant virginale aux marches de l'autel,
Prononcer pour la vie un serment solennel.
Sa famille l'entoure ; elle paraît en proie
Aux élans naturels d'une pieuse joie.
Son front de lis est calme ; une tendre rougeur
Révèle à tous les yeux son aimable pudeur.

Sais-tu, beauté céleste, où ton pied s'achemine?
As-tu sondé ton cœur? n'est-ce pas ta ruine?
Que ce nœud d'hyménée enlacé de rubans,
De guirlandes de fleurs, de riches vêtemens?

Tes parens et ta mère, objets de tes tendresses,
Au mari de ton choix ont cédé tes caresses;
S'il allait te trahir!.... si tes enfans un jour.....
Oh! cessons de chercher des suites à l'amour!
Sur les sombres tableaux il faut tirer un voile
Et savoir se livrer au cours de son étoile.

Moi, fortunés époux, votre félicité
A parlé de douleurs à mon cœur affecté.
Vous répétiez les vœux d'une union sincère.
Au milieu de la pompe aux noces nécessaire,
Brillante par l'éclat d'une foule de gens,
Une modeste vieille, aux dehors indulgens,
Belle des falbalas qui paraient ses ancêtres,
M'apparut animée en faveur de ses maîtres.
A la cérémonie elle faisait honneur.
Son maintien, son bon ton, sa pieuse ferveur
Causèrent dans mon être un trouble involontaire.
Des larmes, dites-vous; quel étrange mystère!
Des larmes quand la joie appelle le plaisir!
Quand la rose entr'ouverte au souffle du désir

Attend la main du Dieu d'où lui vient sa naissance!
« Profane, éloigne-toi, ta sinistre présence
» Semble couvrir de deuil notre félicité! »
Pardon, heureux mortels, je me suis écarté;
J'ai voilé de mes mains mes larmes, mon visage;
Suspendez vos pensers de sinistre présage.
Ne voyez point en moi de traître, de rival,
Dans l'ombre machinant un complot infernal.

Mémorable tableau, sainte cérémonie,
Sujet auguste et grand pour un fécond génie,
D'une récente plaie irritant la douleur,
Fallait-il m'élargir la sphère du malheur;
Déployer à mes yeux ce que je pouvais être,
Heureux de vos liens, cessant d'être mon maître!
Ah! du moins mon amie eût reçu dans ces lieux
Le prix de la bonté qui lui valut les cieux!

Que dis-je, en ce moment une voix solennelle
Des gothiques festons a touché la dentelle.
Sur les degrés du trône où, de gloire entouré,
Un Dieu s'abaisse à nous sur l'autel vénéré,
Les humains confondus, remplis de repentance,
Invoquent à genoux la sainte pénitence,
Abjurent leurs péchés, espèrent leur pardon,
De la grâce du ciel le plus précieux don;

Le ministre interprète a levé ses mains saintes.
Le silence est rompu ; les antiques enceintes
Répercutent les sons de ces mots paternels :

« Mes frères, mes enfans, nous sommes tous mortels,
» Passagers dans ce monde, en butte à la misère,
» A l'esprit du démon que notre cœur enserre.
» Notre tâche est pénible, et les jours de bonheur
» Traversent nos tourmens d'une courte lueur,
» D'un rayon de plaisir, comme au fort de l'orage
» Nous apparaît l'éclair présageant le naufrage.
» Craignez les vains attraits de ces jours d'engoûment ;
» La vérité près d'eux arme le châtiment.
» Les danses, les concerts parfois marquent la place
» Aux cuisans repentirs qui marchent sur leur trace.
» Mais des nœuds de l'hymen, dont l'aspect gracieux
» Semble nous assurer des jours délicieux,
» Avez-vous défini les chances dangereuses?
» L'amour est bien fertile en peines douloureuses?
» Il se plaît à braver la stoïque raison.
» Son ardeur est souvent un perfide poison
» Qui dans le sang, plus tard, en longs rameaux sillonne
» Et s'exhale en fureur qu'en nous il aiguillonne.
» Alors, entendez-vous les nombreux orphelins
» Maudissant les auteurs de leurs tristes destins.
» Leurs longs gémissemens et leurs cris de détresse

» Déchirant tous les cœurs, confondant la sagesse.
» Ils abondent en vain au milieu des cités :
» L'égoïsme et l'oubli marchent à leurs côtés.
» Poussés au désespoir, à l'affreux suicide,
» Ils exaltent contre eux leur fureur homicide.
» Cruel égarement, où l'irréligion
» Triomphe de l'esprit par la déception,
» Où les faux argumens de dangereux sectaires,
» Occultes ennemis des conseils salutaires,
» Prêchant sans mission, sous de fausses couleurs,
» Une philosophie opposée à nos mœurs.

» Quand dans les nœuds sacrés le penchant nous entraîne,
» De nuptiales fleurs environnent leur chaîne.
» Tout sourit à nos vœux dans leurs rians apprêts.
» Mais un rien ne peut-il les changer en cyprès?
» Sur les ailes du tems l'illusion s'envole;
» La vérité sans fard, dédaignant l'hyperbole,
» Survient bientôt après, dans nos banquets joyeux,
» Du tendre épithalame aux vers prétentieux,
» Glacer le pronostic de gloire ou de fortune.
» Le malheur sur la terre est une loi commune.
» Sachez le prévenir pour vous et vos enfans.
» Les vertus sont d'un nom les plus sûrs descendans.
» On en puise la source au sein de l'espérance
» Que la religion place dans la croyance.

» Donnez à vos enfans le goût de ces vertus.
» Sans peine ils pourront suivre en des sentiers battus
» Les traces de l'honneur par vos pas imprimées.
» Les leçons sans effet tombent inanimées
» Et souvent pour le crime arrêtent l'avenir.
» L'exemple en traits de feu grave le souvenir.

» Mes frères, mes enfans, nous lui devons la gloire :
» L'exemple des héros conduit à la victoire,
» Et loin des champs du brave il est d'autres lauriers;
» La conquête du cœur compte aussi ses guerriers.
» La gloire en est facile et surgit d'âge en âge,
» Resplendissante au sein d'un fortuné ménage,
» Sans le vice honteux qui ternit les talens.
» Suivez d'un roi de paix les glorieux élans,
» S'il se montre toujours ennemi de la guerre ;
» S'il a ceint comme vous la couronne de père.
» Comme lui supportez toute injuste clameur,
» Des heureux que l'on fait résulte le bonheur.
» Les méchans sont armés contre leur bonheur même,
» Et leur adversité répond au vœu suprême.
» Allez, je vous bénis ; que Dieu toujours présent
» Veuille répandre en vous son esprit bienfaisant. »

Avouerai-je en ces vers quelle fut ma faiblesse ;
J'écoutai tout ému ces leçons de sagesse.

Elles m'entretenaient d'un passé douloureux,
Dont j'ai trop dédaigné les avis généreux.
Du cœur de mon amie elles portaient l'empreinte;
Elles semblaient l'effet d'une volonté sainte
Descendant jusqu'à moi pour préserver mes jours
Du philtre séduisant des perfides discours.
Est-ce le sens des mots ou l'onction suprême
Qui fait ainsi rentrer le mortel en lui-même,
Quand la coupe du monde est encor dans ses mains?
Répondez-nous, penseurs, suspendez vos dédains;
Il n'est plus tems d'errer au lieu de nous répondre;
Les souillures du vice ont de quoi vous confondre.
Tant de crimes, d'horreurs, seraient-ils impuissans?
Ne sont-ils pas pour nous les argumens pressans
D'un appel en recours à l'antique morale,
Sans laquelle les lois ne sont plus qu'un dédale,
Un levier sans moteur, un glaive sans acier?

Mais quand d'ingrats jaloux viennent déprécier
Nos talens, nos vertus, nos droits, notre mérite;
Que les glaces de l'âge arrivent à leur suite,
Soulevant sur leur dos les soucis, les chagrins,
Le voile se déchire et de nos jours sereins
Nous laisse à découvert les fâcheuses faiblesses,
Des folles voluptés orgueilleuses maîtresses,
Alors d'un regard sombre, abandonnés, flétris

Nous jugeons notre sort au milieu des débris
Que le torrent fangeux a laissés sur la plage.
Sinistre monument de la fougue de l'âge!
Où trouver un refuge hormis dans les saints lieux,
Dans les devoirs sacrés d'un culte merveilleux,
Dont la douce espérance, ouvrant un autre monde,
Dépouille le pécheur de son principe immonde,
Pour verser dans son sein les consolations
Et lui faire abjurer ses lâches actions!
Symbole de grandeur, de force, de souffrance
Qui n'a de ton aspect ressenti l'influence,
Au jour de l'abandon des amis les plus chers
Ou d'un monde sans foi si fécond en revers!

Plus l'homme est criminel, plus son cœur le dévore;
Plus il sent la valeur du pardon qu'il implore,
Et plus il s'humilie au pied de tes autels,
Dieu clément, pour louer tes décrets éternels!

Plus heureux est celui qui vécut toujours sage;
Il n'eut point à fournir un triste apprentissage;
Il n'a point à douter de son sort dans les cieux.
Son sang demeuré pur, jamais séditieux,
N'entache ses penchans de colère ou de haine,
Ou des tristes excès de la vengeance humaine.
Tout jouit près de lui d'une douce amitié:
L'infortune toujours excite sa pitié.

Son plaisir avec elle est de se montrer tendre ;
De lui tendre la main, sans la lui faire tendre.
A prévoir ses besoins d'occuper ses instans,
Et par mille bienfaits de mesurer le tems.
Suivant son propre cœur, sa maxime constante
L'adversité jamais n'afflige son attente.
Ses yeux toujours levés vers son Dieu tout puissant,
Il devient plus soumis et plus reconnaissant,
Plus humble en sa prière au milieu de ses peines.
Les croix sont pour le ciel des faveurs souveraines,
Et sa philantropie en adoucit le poids.
Sur les biens de ce monde il leur donne le choix,
Comme un gage assuré pour la vie éternelle.
Son triomphe du mal fait sa force réelle,
Le repos de son ame et sa félicité ;
Et déplorant alors la faible humanité,
Sur la terre en secret il embrasse d'avance
Du bonheur des élus la juste récompense.

De l'humble et vrai chrétien voilà quels sont les traits.
La nature est pour lui féconde en purs attraits.
C'est en interposant le prisme de nos vices
Que nous changeons en maux ses plus douces délices.
De là naissent toujours les révolutions,
Les fléaux destructeurs du bien des nations ;
Ces feux incandescens qui les noyent de cendre,
Ou dans l'abjection les forcent à descendre.

Que sont-ils devenus ces peuples si puissans,
Ces Grecs et ces Romains, ces états florissans,
Dont les poudreux débris jonchent partout la terre,
Touchent au fond du cœur le voyageur austère,
Comme en lui révélant que les vices honteux
Dans leur éruption perdent tout avec eux?

Sages législateurs, il s'agit de la France;
Avez-vous entendu ces mots de décadence?
Qu'ai-je dit? il s'agit du monde tout entier!
Subirait-on le joug de ce système altier
Déversant sur les fronts le plus cruel outrage?
Oh! non, de nos aïeux vous avez le courage.
Vous ne souffrirez point que de grossières lois
Viennent substituer la force à tous nos droits.
Où seraient les vengeurs des pouvoirs légitimes,
Si vous ne réprimiez l'injustice et les crimes!
Vous êtes restés purs; la douce urbanité,
Les vertus, les talens et la célébrité
Ont de tout tems uni les généreuses ames.
Dussent les feux du ciel nous couvrir de leurs flammes
Plutôt que de nous voir abjurer nos sermens!

Sages législateurs, prévenez nos tourmens.
D'un despote cruel secouez l'esclavage;
Vous nous l'avez promis sous un douteux servage;

Auriez-vous fait un rève, et vos yeux fascinés
Par un charme inconnu seraient-ils enchaînés?
Revenez sur vos pas, s'il en est tems encore,
Au règne des vertus dont s'est éteint l'aurore,
Confesser ses erreurs c'est être généreux.
Mais ne nous livrez pas au désespoir affreux
Qu'un athéisme impur causerait à la France.
Nous sommes sans appui ; nous sommes sans défense ;
Le sort des malheureux est d'être respecté ;
C'est le vœu de l'honneur et de la loyauté.
Voudriez-vous ici, trahissant ce partage,
Laisser à vos neveux un honteux héritage?
De quoi vous servirait, par l'étude blanchis,
Votre amour de la gloire et de votre pays?
Soutenez-les ces lois, l'épouvante des vices ;
Qui préservent toujours d'horribles sacrifices,
Et donnent aux états une base d'airain.

Avez-vous écouté, dans un profond chagrin,
Des chants religieux la pureté céleste?
Empreints des voluptés de l'innocence agreste,
Ces chants qui dans les cœurs gravent les sentimens,
Repoussent le concours des mondains instrumens,
Pour nous rendre plus vrais et surtout plus sensibles,
Seriez-vous restés froids à leurs charmes paisibles !
Pourtant de tout cœur tendre ils sont à l'unisson,

Sans jamais emprunter un impudique son.
Faites que la vertu soit leur soutien fidèle
Et reçoivent toujours leur sanction par elle.

L'apostasie en vain redouble ses efforts,
Puise dans son passé ses iniques ressorts,
Et profane les dons de sa riche éloquence ;
Elle s'est avilie en rompant le silence,
Et contre elle a tourné son faisceau d'argumens.
La honte et le mépris, voilà ses châtimens.

Mais est-ce bien assez d'une peine fictive ?
La prostitution, dans sa course hâtive,
Ne pourrait-elle un jour, affectant le moral,
Gangréner jusqu'au fond tout le corps social ?
C'est donc contre l'esprit franchissant la barrière,
Qu'il nous faut de nos lois défendre la bannière ;
Puissant palladium dont la religion,
Par la réalité, détruit la fiction,
Pour venir du bonheur assurer l'existence.

Sectaires, c'en est fait de votre résistance,
Retournez dans vos champs reprendre vos travaux,
Chercher dans la vertu des élémens nouveaux.
Assez et trop long-tems un vouloir parasite
S'est vu frappé de mort, sans nulle réussite ;
Il n'est point de lauriers pour l'esprit novateur
Qui s'est aliéné l'esprit conservateur,

Et veut fonder son trône au milieu des ruines.
La vieillesse, dit-on, se sent de ses routines;
Sur son front décrépit, trop ridé par les ans,
Rien ne semble propice aux progrès des talens,
Quelque belle que fût sa première couronne,
Et pour tout dire enfin l'âge mûr déraisonne.

La vieillesse, il est vrai, peut avoir ses écarts,
Ou se montrer caduque au sommet des remparts;
Mais n'offre-t-elle aussi sa longue expérience,
Sa raison, ses conseils, ses vertus, sa science?
Ne se souvient-on plus qu'elle fut en honneur
Dans ces siècles fameux de gloire et de splendeur!

Ma vénérable amie, en ce moment, dis-moi,
Est-ce une vision d'en juger d'après toi,
Et n'aurais-tu tari la source de mes larmes
Qu'en me laissant en proie à l'empire des charmes;
Ou les profonds regrets dont mon cœur est rempli,
Auraient-ils condamné ma mémoire à l'oubli?
Quoi! pourrais-je bien croire, en priant dans nos temples,
Que marcher sur tes pas et suivre tes exemples,
Ce serait imiter tes seules qualités;
Et qu'enfin, après toi, les murs de nos cités
Ne reproduiraient plus ces types des beaux âges,
Si brillans autrefois dans les aréopages!

S'il en était ainsi, l'on devrait succomber
Du moment où le corps commence à se courber.
Le tombeau vaudrait mieux que des jours inutiles,
Effeuillant nos succès pour les rendre stériles ;
Mais l'âge et la raison, qui donc les a proscrits,
Si ce n'est la licence et les mauvais écrits,
La louange donnée aux mœurs illégitimes,
La scène devenue une arène de crimes,
Où la corruption, distillant son venin,
Couvre de faux attraits leur dangereux chemin?

Ne tremble plus pour moi, ma regrettable amie :
J'ai flétri les pavots de mon ame endormie ;
Ta mort m'a dévoilé tous les plaisirs trompeurs
De ce monde séduit par nos rénovateurs ;
Il me reste de toi ton amour, ton courage ;
Et mes vertus seront pour jamais ton ouvrage !

SON ÉPITAPHE*.

De la constance elle fut le modèle ;
La vertu seule enchaîna tous ses vœux.
Cœurs sensibles, pleurez sur elle ;
Elle ne fit que des heureux.

* Cette petite pièce, toute bourgeoise qu'elle est, sera gravée sur le marbre de sa tombe, de préférence à d'autres d'un genre plus nouveau ; le sentiment, la concision, la vérité en font le mérite.

NOTA.

Cette brochure était composée avant la journée cruelle du 28 juillet.

Mon intention n'était pas de la signer littéralement. Aujourd'hui je me trouve contraint de passer outre en matière de modestie.

Mais avant d'y apposer ma signature, je crois de mon devoir comme de mon honneur, de dire que, selon ma pensée, toute cause légitime et pure peut engendrer l'attachement individuel, et que toute cause contraire se meut par l'intérêt seul, d'après les principes de l'auteur des *Maximes*.

R. F. ADDENET, de Paris.

www.ingramcontent.com/pod-product-compliance
Ingram Content Group UK Ltd.
Pitfield, Milton Keynes, MK11 3LW, UK
UKHW020407220726
13923UKWH00004B/1789

9 782329 058733